आबरू

KHAUF KI DASTA'N

धर्मेंद्र मिश्रा

आबरू :
खौफ की दास्ताँ

धर्मेंद्र मिश्रा

क्रम-सूची

प्रस्तावना

"आबरू एक ऐसी हृदय स्पर्शी मार्मिक कहानी है जो किसी को भी अंदर से झकझोड़ दे। ये कहानी सुखी राम नाम के एक गरीब मजदूर की है जिसके 3 बच्चे थे ,उनमे से रानी बड़ी बेटी थी जिसकी उम्र 18 बसंत पार कर चुकी थी।

जवानी की दहलीज पर अभी उसने कदम ही रखा था,छरहरे नाक नक्स ,गठीला बदन दिखने में भी अपने नाम की तरह ही खूब सूरत थी जो किसी का भी मन मोह ले ।

खुद्दार लड़की थी अपने बाप की बीमारी और गरीबी का सहारा बन कर अपने परिवार का भरण पोषण करने केलिए ,एक फैक्ट्री में काम करने लगी।

उसकी जवानी पर काफी समय से फैक्ट्री के सुपरवाइजर की बहसी नज़र थी। किस प्रकार योजना बद्ध तरीके से वह रानी का शिकार करता है ? ये जाने केलिए पढ़े पूरी कहानी।

इस कहानी के आलावा भी मेरी कई उपन्यास , कविता ,कहानी ,की बुक प्रकाशित है जिसे आप गूगल पर धर्मेंद्र मिश्रा बुक डाल कर विस्तार से जानकारी प्राप्त कर सकते है।

आप सीधे तौर पर भी मुझसे जुड़ सकते है ,मेरी आधिकारिक वेबसाइट : www.dharmendramishra.com

पावती (स्वीकृति)

1

1.

हमीरपुर सहर से दूर नदी किनारे बसा एक छोटा सा गॉव था। झुंगी-झोपड़ी वाली बस्ती जँहा पर गरीब और निम्न वर्ग के लोग ही रहा करते थे। उन्ही में से एक सुखीराम नाम के गरीब मजदुर का भी परिवार था।

सुखीराम की पत्नी तो कई साल पहले ही डेंगू के चलते गुजर चुकी थी ,अब उसके परिवार में सिर्फ 2 बेटियाँ और 1 बेटा ही परिवार के नाते बचे थे। बड़ी वाली बेटी की उम्र 16 साल, दूसरी बेटी की उम्र 14 साल है और बेटे की उम्र 10 साल थी ।

हमीरपुर के ज्यादातर लोगो दिहाड़ी मजदूरी और आस -पास के गॉवो में जाकर साहूकार और जर्मींदारो के यँहा मजदूरी किया करते।

सुखीराम का जीवन भी बांकी लोगो की तरह ही गंदगी ,बीमारी ,गरीबी, दो बक्त की रोटी के लिए जद्दोजहद आशा और निराशा के बीच किसी कदर कट रही थी।

गरीब की जिंदगी है ही ऐसी की खुद को मार नहीं सकता क्योकि अपना और अपने परिवार का पेट भरने के लिए कमाना है।

सायद ऊपरवाले को यह भी मंजूर नहीं ,भादो का महीना आसमान ने तांडव मचा रखा था ,बारिस थी की थमने का नाम न लेरही थी।

बारिश के कहर ने सब कुछ तबाह कर दिया नदी उफान में थी, ऐसा लग रहा था मानो धरती को निगल जाएगी, जँहा देखो बस पानी ही पानी नजर आरहा था।

पानी धीरे-धीरे बस्ती की अंदर घुसने लगा जो जितना अपनी गठरी में बांध सका अपने परिवार को लेकर सहर की तरफ पलायन कर गया।

चारो तरफ बस मुसीबतो का पहाड़ था रोजी-रोटी के साथ अब इन गरीबो के सर से छत भी छिन गई थी।

सभी मजदूरों ने आपसी सहमति से तैय किया की सहर से कुछ ही दुरी पर जो झुंगी-झोपड़ी वाली बस्ती है वही पर हम लोग भी अपनी-अपनी झुंगी तान लेंगे।

2.

वहाँ जा कर देखा तो चारो तरफ सिर्फ गंदगी ,बदबू ,मच्छर और बारिस के पानी से भरे गड्ढे और उन्ही गड्ढो के इर्द -गिर्द लकड़ी ,कुछ मिटटी के बने टूटे -फूटे ,छोटे -छोटे घरौंदे जँहा रहना तो दूर की बात थी साँस लेना भी दुर्भर था।

जिसको जँहा जगह मिली बांस के तम्बू गाड़कर ऊपर से कपडा,प्लास्टिक ,जिसके पास जो भी था डाल कर सभी ने अपना- अपना घरौंदा तैयार कर लिया।

कुछ न सही से तो कुछ सही ,कम से कम रात गुजारने का एक ठिकाना तो मिल गया दिन तो कही गुजार लेते। रात में पसु पछि या इंसान सभी घरौंधा ही ढूढ़ते है ।

सुखीराम के आँखों से नींद कोसो दूर थी रात भर इसी फिक्र में रहा की अब आगे क्या होगा, अपने बच्चो का पेट कैसे पालेगा ,नाम तो सुखीराम था लेकिन मन बड़ा निराश था।

सुखीराम नाम सायद माँ- बाप ने अपने मन की तसल्ली के लिए रखा होगा। जीवन से तो कोई सुख न सही सायद नाम में ही सुख मिल जाये लेकिन आज सुखिया का बचा - कुचा सुख भी उपरवाले से देखा न गया।

धन के नाते एक घर था वो भी आज छिन गया।

फिर भी उसके मन में कोई शिकायत न थी शिकायत करता भी तो किससे करता गरीबी और लाचारी में जीना तो गरीब के लिए आदत है,जिसे वह पीढ़ी दर पीढ़ी निभाता चला आरहा है सिर्फ अपनी लाचारी और बेबसी को रात भर कोसता रहा।

3.

सुबह होते ही बिना कुछ खाये बदन पे किसी साहूकार का दिया हुआ फटा पुराना कुरता लपेटे जिसके यँहा पहले मजदूरी करता था उसने दिए थे।

पैर में रबड़ की चप्पल पहने सहर की तरफ सरपट दौड़ा जा रहा था। बदन में जान नहीं उम्र भी 60 बारिस की ऊपर होगई थी।

पैदल चलते -चलते थक गया फिर भी कदम रुक नहीं रहे थे।

मन में बस यही सोचता जा रहा था दोपहर होगई तो काम कौन देगा ,भागता-भागता आखिर अपनी मंजिल तक पहुँच ही गया।

फैक्टिरियों के बाहर सुबह से ही मजदूरों की लाइन लगी थी वहाँ भी उसे निराशा हाँथ लगी किसी ने काम नहीं दिया।

बदन पे फटे हुए चीथड़े लपेटे हुए बूढ़े भिखारी को भला काम कौन देता।

ऊपर से सकल से बीमार लग रहा था।

दोपहर हो चली थी कंही काम न मिला भूंख और प्यास से दम निकला जा रहा था।

कुछ खाले लेकिन जेब में फूटी कौड़ी तक न थी।

थके - हारे सुखीराम से अब चला नहीं जा रहा था। पास में ही एक चाय-नास्ते की टपरी दिखी सोचा चलो वही चलता हूँ सायद कुछ खाने को मिल जाये।

सुखीराम दुकान वाले से "भाईसाहब भूंख बड़ी जोरो से लगी है ,कुछ खाने को देदो ? ,बदले में बोलोगे कर दूंगा ?"

आँखों में लाचारी और बेबसी तो थी लेकिन भगवान के नाम का सहारा न लिया।

दुकानदार उसकी हालत देख कर ही समझ गया की इसके पास पैसे- वैसे

तो होंगे नहीं।

दुकानदार(झिड़कते हुए)-"कुछ नहीं है खाने के लिए जाओ अपना रस्ता नापो खैरात नहीं बट रही यंहा। "
ये बातें सुनकर सुखीराम के पेट में आग तो पहले से ही लगी थी दिल में भी लग गई।

मन ही मन कहता हुआ " नाहक़ ही इससे मांग लिया लेकिन करू तो करू क्या , भूंख और प्यास से लगता है प्राण- पखेरू यही उड़ जायेंगे।

अब सहा नहीं जाता चलो किसी और से मांग कर देखता हूँ,सायद कुछ मिल जाये। पास में ही एक बुजुर्ग बैठे थे,सुखिया ने सोचा चलो इन्ही से मांगकर देखता हु।

सुखिया रुआंसा सा चेहरा लिए हुए " बाबूजी सुबह से कुछ खाया नहीं मुझे भी कुछ खाने को देदो ?इसबार भगवान् के नाम का सहारा भी ले लिया सकल तो पहले से ही भिखारियों जैसी थी।
वो आदमी "हां,मै तो यंहा तुझे ही खिलाने ही बैठा हूँ। कोई काम- धंधा क्यों नहीं करता ?काम क्यों करेगा काम में तो मेहनत पड़ती है।
भीख मांगना तुम लोगो के लिए बड़ा आसान है।
हमारे देश में यही सबसे बड़ी समस्या है , कोई काम करना नहीं चाहता सब मुफ्त बैठ कर खाना चाहते है।"

वहां बैठे कई लोगो से मदत मांगी ,मगर कुछ न मिला सब्द बाण सुन -सुन कर सुखीराम का मन बड़ा व्यथित होगया।
मिन्नते की लेकिन किसी को सुखीराम की हालत पर तरश न आया ।

सुखीराम एक बुजुर्ग के पास गया ,सोचा सायद कुछ देहिदे ,जिन्दा रहते आश न टूटे।

पास जा पहुंचा फिर से वही बात दोहराई ,मना करने पर भी नहीं माना इस बार ढिठाई दिखते हुए बार -बार दोहराता रहा उस बुजुर्ग आदमी के साथ वाला तरश दिखाते हुए 'दे दो कब से मांग रहा है कौन सा रुपये -दो रुपये में इसकी तरह गरीब हो जाओगे दुआए ही देगा।

लेकिन वो आदमी जिसने ये ज्ञान दिया खुद नहीं देसका आखिर इतना सब सुनंने के बाद उस मोटे ने अपना मन मसोसते हुए सुखीराम को पैसे तो नहीं अपना झूठन देदिया,सायद उसका पेट भर गया होगा ,ज्यादा खाने ,फेकने से अच्छा कुछ पुण्य भी कमाले ।

सुखीराम की जान में जान आई समोसे पर टूट पड़ा एक- दो कौर में ही में ही पूरा समोसा चट कर गया।
कुछ दूरी पर ही पेड़ के निचे बैठा एक व्यक्ति सुखीराम को बड़े ही समानुभूति से देख रहा था,सुखीराम की भूंख और तड़प को देख उसने एक और समोसा दुकान से लेकर उसके हाँथ में रख दिए।

सुखीराम की आंखे उस नौजवान की रहमदिली देख अश्रुपूरित होगई दुआए भी देता जा रहा और साथ ही खाता भी जा रहा था।
उस गरीब को खाता देख उस नौजवान का मन बड़ा प्रफुल्लित था बांकी तो सभी अपनी -अपनी दुनिया में खोये थे।
इंसानियत क्या इस नौजवान में है जो अपने ही समान इंसान और हमदर्दी उस गरीब के लिए रखता था या फिर उस इन्सान के पास जो पुण्य के लालच में दिल में पत्थर रख कर पैसे दिए। खैर ये तो अपनी अपनी सोच पर निर्भर करता है।

सुखीराम को अब जा कर लगा सरीर में जान आयी फिर से काम की तलाश में निकल गया। भटकते -भटकते साम गई लेकिन कंही काम न मिला।
थक- हार कर सोचा चलो अब घर ही लौट चलते है कल फिर देखेंगे।
4.
सुखीराम के बदन में जान नहीं थी फिर भी मिलो चल कर जाना था। किसी कदर गिरते -पड़ते घर पहुँचते- पहुँचते रात १० बज गए।

उधर सुखीराम की बड़ी बेटी रानी अँधेरे में टक-टकी लगाए अपने बाप के घर लौटने की राह तक रही थी।

उसका मन बड़ा व्याकुल था कही से बापू आता हुआ दिख जाये।

मन में तरह-तरह के ख्याल आ रहे थे ,इतनी देर होगई बापू कहाँ गया होगा , अनजान सहर है ,कही रास्ता तो नहीं भटक गया ,कही कुछ हादसा तो नहीं हो गया ,ख्याली घोड़े मन ही मन दौड़ाये जारही थी की इतने में सुखीराम झुके हुए कंधे लेकर,पैर घसीटे हुए चला आरहा था। ऐसा लग रहा था मानो खुद की लास को कंधे पे ढो कर लारहा हो। रानी को बाहर बैठा देख "सोई नहीं , यंहा बैठी क्या कर रही है?

मुनिया और गोलू सो गये ? खाना तो खिला दिया था न "एक साथ कई सवाल पूंछ डाले।

रानी "हां बापू दोनों खा कर सो गए .दाल तो थी नहीं चावल बस बचा था वही खिला कर सुला दिया "

सुखीराम "और तूने खाया ?"

रानी(झिड़की देते हुए) " ऐसे काहे पूंछ रहे हो ,माँ के गुजरने के बाद मैंने बिना तुम्हे खिलाये कभी खाया है जो आज खायूँगी, जगह बदल गई इसका मतलब ये थोड़े ही अपना धरम भी भूल गई। "

प्यार से फटकार लगाते हुए -चलो बाहर पानी रखा है हाँथ-मुँह धो कर पहले खा लो बांकी बाते बाद में करना। "

सुखीराम का भूंख के मारे बुरा हाल था जितना बाहर अँधेरा उससे कही जादा अँधेरा तो उसकी आँखों में छाया था। जल्दी-जल्दी हाँथ धोकर अपनी झोपड़ी की अंदर जमीन में ही खाने बैठ गया।

सुखीराम"हां ला जल्दी से ला ,आज तो लगता है भूंख के मरे
     जान ही निकल जाएगी। "

रानी ने अपनी पीठ सुखीराम की तरफ करते हुए जिससे उसको पता न चल सके की भगौने में कितन चावल बचा है।

बाप को भूंख से तड़पता देख ,भगौने में जितना भी चावल था पूरा का पूरा थाली में परोस दिया।

रानी थाली आगे बढ़ते हुए "लो खाओ सुबह से पता नहीं कुछ खाया भी है

की नहीं "उसके शब्दों में प्यार भरी उलाहना थी।

सुखीराम "चल तू भी अपने लिए निकाल ले ?"

रानी"नहीं बापू तू खा ले मै बाद में खा लुंगी। "

सुखीराम"बाद में कब खायेगी रात की एक पहर तो बीत गई ?"

रानी-(झिड़की देते हुए) "मैंने कहा न , तू खाले बहस न कर "

सुखीराम "तू जिद बहुत करती है ,बिलकुल अपनी माँ पे गई है,लेकिन मै तेरा बाप हूँ सब समझता हूँ। "

सुखीराम को सब समझ आगया भगौने में कुछ होगा तो खायेगी।

सुखीराम ने थोड़ा सा ही खाया और आधा थाली में छोड़ दिया डकार लेते हुए "मेरा तो इतने में ही पेट भर गया अब मै न खायूँगा अब तू खा या फेक दे मै तो चला सोने।"

सुखिया को रोना आरहा था लेकिन बेटी के सामने रोना उसे ठीक न लगा।

5.

बेटी से बिना नजरे मिलाये सीधे बाहिर चला आया और फूट -फूट कर खूब रोया।

गरीब का सब से बड़ा और एकमात्र यही तो सहारा है जिससे उसे राहत मिलती है,दिल हल्का कर लेता है।

बड़े ही निराश और हताश मन से जैसे सब कुछ ख़त्म हो गया हो।

आसमान की तरफ टक -टाकी लगाए कुछ देर तक शून्य भाव से देखता रहा फिर कभी खुद को कोसता तो कभी अपनी गरीबी को कोसता हुआ अपनी झुंगी में लौट आया।

तीनो बच्चे एक ही चटाई में फटा चादर ताने सो रहे थे।

सुखीराम अपने बच्चो के पास जाकर उनके सिराहने बैठ कर सर पे हाँथ फेरते हुऐ ,लोरी गुन-गुनने लगा जो अक्सर उसकी लुगाई बच्चो को सुलाते हुऐ सुनाया करती थी।

अपने बच्चो को प्यार से सहलाता भी जा रहा था और रो भी रहा था उसके लिए तो सारा संसार यही थे।

कुछ देर बाद सुखीराम भी बगल में लेट गया लेकिन नींद आँखों से कोसो दूर थी।

भूंखे पेट नींद कहाँ , सोचा चलो पेट भर पानी ही पी लेते है, सायद नींद आजाये लेकिन पेट की आग फिर भी न शांत हुई ,कुछ देर करवटे बदलता रहा ,लेटा नहीं जा रहा था ,तो उठ कर बैठ गया और पूरी रात बैठे- बैठे ही गुजार दी।

6.

अगले दिन फिर काम की तलाश में निकल गया लेकिन बदकिस्मती थी की पीछा छोड़ने का नाम न ले रहे थी।

कभी किसी दिन काम मिलता तो कभी कोई काम न मिलता।

सुखीराम की जर्जर हालत देख कर कोई मेंहनत का काम देने को तैयार न होता।

दिन बा दिन सुखीराम की हालत और गंभीर होती जा रही थी।

उसके लिए बच्चो का भरण -पोषण बड़ा ही मुश्किल जान पड़ता। इन सब से उसकी बड़ी बेटी रानी भी अनजान न थी।

7.

एक दिन साम को रानी के मन में जो बहौत दिनों से चल रहा था बोल दिया "बापू मै भी कल से काम पर जाउंगी यहाँ से महज दो -तीन किलोमीटर की दुरी में एक फैक्ट्री है ,जिसमे इस मोहल्ले की बहुत सारी औरतें काम करने जाती है ,मै भी उन्ही के साथ कल से काम पर जाया करूँगी। "

सुखीराम "तू काम पर जाएगी तो इन बंदरो को कौन संभालेगा "गोलू और मुनिया के कान खींचते हुए।

रानी"ये मुनिया अब इतनी छोटी न है की,अपना और गोलू का ख्याल न रख सके "

सुखीराम को रानी का काम पे जाना ठीक नहीं लग रहा था ,अनजान

सहर है ,जवान बेटी कुछ ऊंच -नीच न होजाये ,लिहाजा बात टालने की कोशिस कर रहा लेकिन रानी तो रानी ही थी जिद पे अड़ गयी तो अड़ गई।

फिर वो कहा मानने वाली थी।

रानी "मैं तो कल से जा रही हूँ बस "

सुखीराम अनमने मन से"जा तेरी जो मर्जी कर ,मुझसे पूंछा क्यों करती है जब तुझे आपने मन की ही करनी होती है। "

रानी "हँसते हुए बापू तू कितना अच्छा है। फिकर न कर सब ठीक होजायेगा ,ऊपरवाले ने चाहा तो तुझे कभी काम पर नहीं जाना पड़ेगा मै धीरे -धीरे सब संभल लुंगी। "

8.

अगले दिन सुभह -सुभह ही रानी बांकी औरतो के साथ फैक्ट्री की तरफ निकल गई जँह पर एक बहुमंजिला इमारत में काम चल रहा था।

फैक्ट्री के बाहर ही सुपरवाइजर सभी मजदूरों की एंट्री कर रहा था , मजदूर लाइन से क़तर में एक- एक कर अपनी एंट्री करवाते जा रहे थे।

रानी अपनी बारी आने पर सुपरवाइजर के पास पहुंचते ही अपना नाम बताया सुपरवाइजर अपनी भौंहे उठाते हुए रानी को घूरने लगा। अपलक कुछ देर नखसिख तक किसी जौहरी के मानिंद तरासने लगा।

गोल चेहरा ,उभरता हुआ सरीर, कमल की तरह जवानी अभी खिलना सुरु ही हुई थी।

सुपरवाइजर अपनी कामोत्तेजना में पूरी तरह से गिन्न पलके झपकाते हुए" आज पहली बार आई हो लगता है ?"

रानी - हां साहब, मुझे भी काम पर रख लो ?"

सुपरवाइजर "क्यों नहीं , क्या नाम बताया ?"

रानी -अपना नाम बताते हुए ,'रानी। "

सुपरवाइजर मस्का लगते हुए "बड़ा ही सुन्दर नाम है, तू काम भी मस्त करेगी ? अपनी कनखिया उमड़ते हुए "है की नहीं ?"

रानी हँसते हुए "हां , साहब। आप बहुत ही मजाकिया इन्सान मालूम होते है। "

सुपरवाइजर फिर से मस्का लगाते हुए "तुम हो ही इतनी खूबसूरत की

तारीफ करते तो बनता है।

कल से एक काम और करना आँखों में काजल और होंटो पर लाली भी लगा कर आना , तुम्हारी खूबसूरती में चार- चाँद लग जायेगा। "

रानी हँसते हुए "ठीक है साहब ,जैसा आप बोलो। "उसे क्या पता इस इन्सान के अंदर एक भेड़िया छुपा बैठा है।

रानी आपने काम पर लग गई उसे गिट्टी और ईंटा ढोने के काम पर लगा दिया।

काम बहुत मेहनत का था लेकिन रानी मन से उत्साहित और खुस थी उसे अपनी जिम्मेदारी का अहसास था। वो भी मर्दों की तरह अपने परिवार के लिए जीना चाहती थी, काम काना चाहती थी।

खुद तो न पढ़ सकी लेकिन अपने दोनों छोटे भाई -बहन को पढ़ना और उनकी अच्छे से परवरिश करना चाहती थी। अपने बूढ़े बाप के बोझ को कम करना चाहती थी।

रानी और मजदूरों से कही ज्यादा और अच्छा काम करने की कोसिस करती जिससे किसी को कोई शिकायत का मौका न मिले।

9.

दिन इसी तरह बीतते रहे हफ्तों बीत गए उधर सुपरवाइजर की कोशिस भी जारी थी, रानी को किसी कदर अपने जाल में फ़साने की।

भरसक कोशिस कर रहा था लेकिन रानी उसकी बातो को अनसुना कर आपने काम में लग जाती।

इधर सुखीराम भी बड़ा खुश था रानी इतना तो कमा लेती थी की घर खर्च आसानी से चल जाता।

सुखीराम अब कही काम पर न जाता दिन भर चिलम तम्बाकू पिता बच्चो के साथ खेलता और हंसी - ठिठोली करता पड़ा रहता।

10.

आखिर एक दिन सुपरवाइजर को अपनी हैवानियत दिखाने का मौका मिल ही गया।

बारिश बड़े जोरो से होरही थी आस्मां पूरी तरह से कला तूफान सा मंजर

था। सुपरवाइजर ने काम रुकवा दिया।

उसे लगा अब इससे बढ़िया मौका फिर नहीं मिलेगा उसने सभी मजदूरों को जाने के लिए कहा " आज काम न होपायेगा ,सभी अपने घर जा सकते है। " उनके साथ रानी भी जाने लगी ,उसने धीरे से रानी को रुकने के लिए बोला,जिससे बांकी लोगो को सुनाई न दे।

सुपरवाइजर रानी से "तुम कहां जा रही हो, मेरी रानी तुम्हे थोड़े ही न बोला जाने के लिए ,तुम्हारे लिए तो बहुत सारा काम है ,तुम रुको इनको जाने दो ,इन सब की मजदूरी तो आज की काट ली जयेगी लेकिन तुम्हे तो पूरी की पूरी मिलेगी , आज आराम से मेरे पास बैठो तनिक दो चार बाते हमसे भी तो कर लो ,ऐसा मौका बार -बार रोज थोड़े ही न मिलेगा ,पानी हल्का हो जायेगा तो मै खुद ही तुम को तुम्हारे घर तक छोड़ आयूंगा।"

रानी "समझ तो गई इसने मुझे क्यों रुकने लिए कहा। मन ही मन इसकी नियत सही न लग रही ,सुपरवाइजर से सीधे सख्त लहजे में पूंछते हुए "साहब इधर -उधर की बाते न करो काम बताओ अभी वो लोग जादा दूर न गए होंगे ,ऐसी बाते करोगे तो मै न रुकूंगी।"
सुपरवाइजर अपने चिरपरिचित अंदाज में हँसते हुए "हां -हां ,तुम तो नाराज होगई थोड़ा शांति तो रखो जब देखो बस काम –काम असली वाला काम तो आज ही है ,उपरवाले ने तुम्हे मजदूरी करने के लिए थोड़े ही बनाया।"

रानी "साहब काम नहीं करुंगी तो खायूंगी क्या .दो छोटे भाई बहन है ,बुड़ा बाप उनके लिए तो मै ही सहारा हूँ। "
सुपरवाइजर "तू तो बड़ी होशियार भी है ,मै तो तुम्हारी और मदत करना चाहता हूँ ,तुम पैसो की फ़िक्र मत करो मै हूँ न. ?" लेकिन तुम्हे भी मेरे लिए कुछ करना होगा ,ये कहते –कहते रानी का हाँथ पकड़ लिया।
रानी गुस्से से "मै सब समझती हूँ साहब ,आप क्या चाहते है आप सकल

से भोले दीखते हो ,अंदर से उतने ही कमीने हो । "

सुपरवाइजर को घूरते हुए उसके हाँथ को तेजी से झटक दिया और वहाँ से जाने लगी।

पीछे से सुपरवाइजर ने उसका हाँथ पकड़ कर खींचते हुऐ अपनी अपनी आगोश में ले लिया।

सुपरवाइजर ने उसको कस कर पकड़ लिया जिससे वो खुद को उसके चंगुल से छुड़ा न सके।

सुपरवाइजर बहसियो की तरह बेतहासा रानी के पुरे बदन को चूमने लगा ,पुरे सरीर में जँहा मन मर्जी हाँथ घुमाने लगा।

....

रानी जोर -जोर से रोये जा रही थी पूरी ताकत के साथ उसका विरोध भी कर रही थी।

खुद को छुड़ाने की बहुत कोसिस की लेकिन कामयाब न होसकी। जैसे ही सुपरवाइजर ने रानी के कपडे उतरने की कोशिस की रानी के अंदर अचानक न जाने कहा से गजब की ऊर्जा का संचार होने लगा पूरी ताकत से अपनी कोहनी सुपरवाइजर के पेट में मारा जिससे वो बहसी सीधे जमीं पे आगिरा लेकिन अपनी पकड़ ढीली न की उसको साथ लेकर निचे फर्श पर ही गिर गया। रानी ने अपना साहस न खोया उसके चंगुल से खुद को छुड़ाने के लिए जल बिन मछली की तरह तड़प रही थी । अपना हाँथ,पैर, सर सब कुछ चला रही थी।

इतने में रानी को बगल में पड़ा ईंट का एक टुकड़ा दिखा बड़ी कोशिस के बाद हाँथ किसी कदर उस टुकड़े तक पहुँच गया ।

रानी ने उस ईंट के टुकड़े को सुपरवाइजर के सर पे देमारा। सुपरवाइजर दर्द से कराहते हुए अपना सर पकड़ कर बैठ गया।

इस सीना -झपटी में रानी के कपडे तो पूरी तरह से फट चुके थे फिर भी जो कपडे बचे थे उन चीथड़ों को समेटते हुए वहाँ से भागी।

विनास काले विपरीत बुद्धि निचे की तरफ भागने की बजाये उस बहुमंजिला इमारत में ऊपर की तरफ भागने लगी उधर सुपरवाइजर का

दर्द जैसे ही कम हुआ इधर उधर देखने लगा ,रानी को वहां न पाकर इमारत की सीढ़ियों से इधर -उधर देखने लगा .इतने में ऊपर की सीढ़ियों से एक पत्थर गिरा। सुपरवाइजर समझ गया ऊपर की ओर भाग रही है। सुपरवाइजर भी ऊपर की तरफ भगा रानी बमुश्किल 5 माला ऊपर ही जा पायी होगी की इतने में रानी को पीछे से धर दबोचा और जमीन में पटक दिया ।

फिर क्या मासूम की चीख ,आँखों से बहते आंसूं ,लाचारी ,बेबसी ,जिस्म को भेड़ियो की तरह नोचता वो हैवान।

उस गरीब कमजोर लड़की की इज्जत तार- तार हो गई।

हैवानियत का भूत सर से उतरते ही सुपरवाइजर फिर अपनी दोरंगी चाल चलने लगा मिमियाते हुऐ "रानी मुझे माफ़ कर दो गलती होगई,मैंने ये सब नशे की हालत में किया वरना तुम तो जानती हो मै कितना अच्छा आदमी हूँ,तुम्हे कुछ नहीं होगा ,तुम्हे जितने पैसे चाहिए मै तुम्हे दूंगा लेकिन तुम कभी किसी से कुछ कहना मत। "

प्यार से उसके सर को हाँथ से सहलाने लगा।

रानी पूरी ताकत से उसके गाल पर एक थप्पड़ जड़ते हुए "तू दरिंदा ,बहसी ,सैतान है,मै तुझे छोड़ूगी नहीं ,तुम्हे तो मै जेल में बंद करवायुंगी।

'गुस्से में न जाने क्या - क्या कह गई .अपने फटे कपड़ो को उठाते हुए वहाँ से भागने लगी।

रानी को भागता देख सुपरवाइजर घबरा गया ऐसा लगा मानो काटो तो खून नहीं सारा मामला उल्टा पड़ गया

"अब क्या करे इसे यंहा से जिन्दा जाने देना ठीक नहीं।

"मन ही मन बेचैन हुए जा रहा था ऐसा लगा जैसे नींद से जगा हो।

रानी के पीछे -पीछे भागने लगा ,रानी बमुश्किल १ माला ही निचे उतर पाई थी की उस वहसी ने पकड़ ही लिया।

रानी खुद को छुड़ाने की नाकाम कोशिस करती रही सुपरवाइजर ने ऊपर से ही रानी को धक्का देदिया और देखते ही देखते रानी का सरीर निचे फर्श पर जिसपर कंक्रीट की सतह थी सरीर छत -विछत उसके चारो तरफ सिर्फ खून ही खून था।

सुपरवाइजर ऊपर से निचे की तरफ भगा लाश को हिला डुला कर तसल्ली करने लगा।

अभी जिन्दा है या मर गई और जब उसे पूरी तरह से इत्मीनान होगया की साँस चलना बंद होगई लाश के पास ही बैठ कर सोचने लगा की अब इसे कैसे ठिकाने लगाया जाये ।

चारो तरफ नजर दौड़ाई सामने कुछ ही दूरी में दिवार के पास एक गड्ढा दिखा जंहा पर अभी कंक्रीट का फर्श नहीं था ।

वो जगह उसे सही लगी लाश दफ़नाने के लिए। लाश को उठा कर उस गड्ढे में डाल दिया और उसके बाद मशीन से गिट्टी , रेत,और सीमेंट का मसाला तैयार कर गड्ढे को पूरी तरह से पाट दिया जिससे किसी को कुछ पता न चल सके ।

सुपरवाइजर को ये सब करते- करते साम होगई थी।

11.

उधर सुखीराम बेटी के घर लौटने की राह देख रहा था मन ही मन बड़बड़ा रहा था "आज इतनी देर होगई अभी तक लौटी क्यों न ,पहले तो कभी ऐसा न करती ,सूरज ढलने से पहले ही आजाती थी।

चलो सुरतिया से चल कर पूंछता हूँ सायद उसको पता हो आखिर उसी के साथ तो जाती है उसे जरूर पता होगा। ये सोचते -सोचते सुरतिया की झोपड़ी जा पहुंचा .सुरतिया उसी के गाँव की थीं ,और रिश्ते में सुखीराम की भौजी लगती थीं।

सुखीराम "रनिया अभी तक नहीं आयी भौजी ,मुझे तो बड़ी फिकर हो रही है ,पहले कभी ऐसा न हुआ तुम्हे तो पता होगा कहाँ गई होंगी ?"
सुरतिया"हम लोग तो दुपहरिया में ही आगये रहे बारिस के चलते ,आज साइट में काम बंद पड़गया था न।

मैंने देखा नहीं सोचा वो भी पीछे-पीछे आ रही होगी। "
इतना सुनते ही सुखीराम के पैर कापने लगे ,कही मेरी बच्ची को कुछ हो

तो नहीं गया होगा।

12.

घर से लालटेन उठाई और जल्दी -जल्दी फलाँग भरते हुए फैक्ट्री की तरफ भगा जंहा रानी काम करती थी।

सांसे फूल रही थीं फिर भी रुकने का नाम न ले रहा था .रस्ते में रानी -रानी चिल्लाता जा रहा था।

फैक्ट्री पहुंच कर हर जगह छान मारा लेकिन उसकी रानी कही नहीं मिली।

चारो तरफ बस अँधेरा बारिस का सोर और एक बेजान उखड़ी हुई आवाज रानी नाम का सोर बारिश और फ़िज़ा के बीच दब कर रह गई ।

कहानी कैसी लगी रिव्यु के माध्यम से अपनी प्रतिक्रिया अवस्य दे !

~ धर्मेंद्र मिश्रा

हमीरपुर सहर से दूर नदी किनारे बसा एक छोटा सा गॉव था। झुंगी-झोपड़ी वाली बस्ती जँहा पर गरीब और निम्न वर्ग के लोग ही रहा करते थे। उन्ही में से एक सुखीराम नाम के गरीब मजदुर का भी परिवार था।

सुखीराम की पत्नी तो कई साल पहले ही डेंगू के चलते गुजर चुकी थी ,अब उसके परिवार में सिर्फ 2 बेटियाँ और 1 बेटा ही परिवार के नाते बचे थे। बड़ी वाली बेटी की उम्र 16 साल, दूसरी बेटी की उम्र 14 साल है और बेटे की उम्र 10 साल थी ।

हमीरपुर के ज्यादातर लोगो दिहाड़ी मजदूरी और आस -पास के गॉवो में जाकर साहूकार और जमींदारो के यँहा मजदूरी किया करते।

सुखीराम का जीवन भी बांकी लोगो की तरह ही गंदगी ,बीमारी ,गरीबी, दो बक्त की रोटी के लिए जद्दोजहद आशा और निराशा के बीच किसी कदर कट रही थी।

गरीब की जिंदगी है ही ऐसी की खुद को मार नहीं सकता क्योकि अपना और अपने परिवार का पेट भरने के लिए कमाना है।

सायद ऊपरवाले को यह भी मंजूर नहीं ,भादो का महीना आसमान ने तांडव मचा रखा था ,बारिस थी की थमने का नाम न लेरही थी।

बारिश के कहर ने सब कुछ तबाह कर दिया नदी उफान में थी, ऐसा लग रहा था मानो धरती को निगल जाएगी, जँहा देखो बस पानी ही पानी नजर आरहा था।

पानी धीरे-धीरे बस्ती की अंदर घुसने लगा जो जितना अपनी गठरी में बांध सका अपने परिवार को लेकर सहर की तरफ पलायन कर गया।

चारो तरफ बस मुसीबतो का पहाड़ था रोजी-रोटी के साथ अब इन गरीबो के सर से छत भी छिन गई थी।

सभी मजदूरों ने आपसी सहमति से तैय किया की सहर से कुछ ही दुरी पर जो झुंगी-झोपड़ी वाली बस्ती है वही पर हम लोग भी अपनी-अपनी झुंगी तान लेंगे।

2.

वहाँ जा कर देखा तो चारो तरफ सिर्फ गंदगी ,बदबू ,मच्छर और बारिस के पानी से भरे गड्ढे और उन्ही गड्ढो के इर्द -गिर्द लकड़ी ,कुछ मिटटी के बने टूटे -फूटे ,छोटे -छोटे घरौंदे जँहा रहना तो दूर की बात थी साँस लेना भी दुर्भर था।

जिसको जँहा जगह मिली बांस के तम्बू गाड़कर ऊपर से कपडा,प्लास्टिक ,जिसके पास जो भी था डाल कर सभी ने अपना- अपना घरौंदा तैयार कर लिया।

कुछ न सही से तो कुछ सही ,कम से कम रात गुजारने का एक ठिकाना तो मिल गया दिन तो कही गुजार लेते। रात में पसु पछि या इंसान सभी घरौंधा ही ढूढ़ते है ।

सुखीराम के आँखों से नींद कोसो दूर थी रात भर इसी फिक्र में रहा की अब आगे क्या होगा, अपने बच्चो का पेट कैसे पालेगा ,नाम तो सुखीराम था लेकिन मन बड़ा निराश था।

सुखीराम नाम सायद माँ- बाप ने अपने मन की तसल्ली के लिए रखा होगा। जीवन से तो कोई सुख न सही सायद नाम में ही सुख मिल जाये लेकिन आज सुखिया का बचा - कुचा सुख भी उपरवाले से देखा न गया।

धन के नाते एक घर था वो भी आज छिन गया।

फिर भी उसके मन में कोई शिकायत न थी शिकायत करता भी तो किससे करता गरीबी और लाचारी में जीना तो गरीब के लिए आदत है,जिसे वह पीढ़ी दर पीढ़ी निभाता चला आरहा है सिर्फ अपनी लाचारी और बेबसी को रात भर कोसता रहा।

3.

सुबह होते ही बिना कुछ खाये बदन पे किसी साहूकार का दिया हुआ फटा पुराना कुरता लपेटे जिसके यँहा पहले मजदूरी करता था उसने दिए थे।

पैर में रबड़ की चप्पल पहने सहर की तरफ सरपट दौड़ा जा रहा था। बदन में जान नहीं उम्र भी 60 बारिस की ऊपर होगई थी।

पैदल चलते -चलते थक गया फिर भी कदम रुक नहीं रहे थे।

मन में बस यही सोचता जा रहा था दोपहर होगई तो काम कौन देगा ,भागता-भागता आखिर अपनी मंजिल तक पहुँच ही गया।

फैक्टिरियों के बाहर सुबह से ही मजदूरों की लाइन लगी थी वहाँ भी उसे निराशा हाँथ लगी किसी ने काम नहीं दिया।

बदन पे फटे हुए चीथड़े लपेटे हुए बूढ़े भिखारी को भला काम कौन देता।

ऊपर से सकल से बीमार लग रहा था।

दोपहर हो चली थी कंही काम न मिला भूंख और प्यास से दम निकला जा रहा था।

कुछ खाले लेकिन जेब में फूटी कौड़ी तक न थी।

थके - हारे सुखीराम से अब चला नहीं जा रहा था। पास में ही एक चाय-नास्ते की टपरी दिखी सोचा चलो वही चलता हूँ सायद कुछ खाने को मिल जाये।

सुखीराम दुकान वाले से "भाईसाहब भूंख बड़ी जोरो से लगी है ,कुछ खाने को देदो ? ,बदले में बोलोगे कर दूंगा ?"

आँखों में लाचारी और बेबसी तो थी लेकिन भगवान के नाम का सहारा न लिया ।

दुकानदार उसकी हालत देख कर ही समझ गया की इसके पास पैसे- वैसे तो होंगे नहीं।

दुकानदार(झिड़कते हुए)-"कुछ नहीं है खाने के लिए जाओ अपना रस्ता नापो खैरात नहीं बट रही यंहा। "

ये बाते सुनकर सुखीराम के पेट में आग तो पहले से ही लगी थी दिल में

भी लग गई।

मन ही मन कहता हुआ " नाहक़ ही इससे मांग लिया लेकिन करू तो करू क्या , भूख और प्यास से लगता है प्राण- पखेरू यही उड़ जायेंगे।

अब सहा नहीं जाता चलो किसी और से मांग कर देखता हूँ,सायद कुछ मिल जाये। पास में ही एक बुजुर्ग बैठे थे,सुखिया ने सोचा चलो इन्ही से मांगकर देखता हु।

सुखिया रुआंसा सा चेहरा लिए हुए " बाबूजी सुबह से कुछ खाया नहीं मुझे भी कुछ खाने को देदो ?इसबार भगवान् के नाम का सहारा भी ले लिया सकल तो पहले से ही भिखारियों जैसी थी।
वो आदमी "हां,मै तो यंहा तुझे ही खिलाने ही बैठा हूँ। कोई काम- धंधा क्यों नहीं करता ?काम क्यों करेगा काम में तो मेहनत पड़ती है।
भीख मांगना तुम लोगो के लिए बड़ा आसान है।
हमारे देश में यही सबसे बड़ी समस्या है , कोई काम करना नहीं चाहता सब मुफ्त बैठ कर खाना चाहते है।"

वहां बैठे कई लोगो से मदत मांगी ,मगर कुछ न मिला सब्द बाण सुन -सुन कर सुखीराम का मन बड़ा व्यथित होगया।
मिन्नते की लेकिन किसी को सुखीराम की हालत पर तरश न आया ।

सुखीराम एक बुजुर्ग के पास गया ,सोचा सायद कुछ देहिदे ,जिन्दा रहते आश न टूटे।
पास जा पहुंचा फिर से वही बात दोहराई ,मना करने पर भी नहीं माना इस बार ढिठाई दिखते हुए बार -बार दोहराता रहा उस बुजुर्ग आदमी के साथ वाला तरश दिखाते हुए 'दे दो कब से मांग रहा है कौन सा रुपये -दो रुपये में इसकी तरह गरीब हो जाओगे दुआए ही देगा।
लेकिन वो आदमी जिसने ये ज्ञान दिया खुद नहीं देसका आखिर इतना सब सुनंने के बाद उस मोटे ने अपना मन मसोसते हुए सुखीराम

को पैसे तो नहीं अपना झूठन देदिया,सायद उसका पेट भर गया होगा ,ज्यादा खाने ,फेकने से अच्छा कुछ पुण्य भी कमाले ।

सुखीराम की जान में जान आई समोसे पर टूट पड़ा एक- दो कौर में ही में ही पूरा समोसा चट कर गया।

कुछ दूरी पर ही पेड़ के निचे बैठा एक व्यक्ति सुखीराम को बड़े ही समानुभूति से देख रहा था,सुखीराम की भूख और तड़प को देख उसने एक और समोसा दुकान से लेकर उसके हाँथ में रख दिए।

सुखीराम की आंखे उस नौजवान की रहमदिली देख अश्रुपूरित होगई दुआए भी देता जा रहा और साथ ही खाता भी जा रहा था।

उस गरीब को खाता देख उस नौजवान का मन बड़ा प्रफुल्लित था बांकी तो सभी अपनी -अपनी दुनिया में खोये थे।

इंसानियत क्या इस नौजवान में है जो अपने ही समान इंसान और हमदर्दी उस गरीब के लिए रखता था या फिर उस इन्सान के पास जो पुण्य के लालच में दिल में पत्थर रख कर पैसे दिए। खैर ये तो अपनी अपनी सोच पर निर्भर करता है।

सुखीराम को अब जा कर लगा सरीर में जान आयी फिर से काम की तलाश में निकल गया। भटकते -भटकते साम गई लेकिन कंही काम न मिला।

थक- हार कर सोचा चलो अब घर ही लौट चलते है कल फिर देखेंगे।

4.

सुखीराम के बदन में जान नहीं थी फिर भी मिलो चल कर जाना था।

किसी कदर गिरते -पड़ते घर पहुँचते- पहुँचते रात १० बज गए।

उधर सुखीराम की बड़ी बेटी रानी अँधेरे में टक -टकी लगाए अपने बाप के घर लौटने की राह तक रही थी।

उसका मन बड़ा व्याकुल था कही से बापू आता हुआ दिख जाये।

मन में तरह - तरह के ख्याल आ रहे थे ,इतनी देर होगई बापू कहाँ गया होगा , अनजान सहर है ,कही रास्ता तो नहीं भटक गया ,कही कुछ हादसा तो नहीं हो गया ,ख्याली घोड़े मन ही मन दौड़ाये जारही थी की

इतने में सुखीराम झुके हुए कंधे लेकर,पैर घसीटे हुए चला आरहा था। ऐसा लग रहा था मानो खुद की लास को कंधे पे ढो कर लारहा हो। रानी को बाहर बैठा देख "सोई नहीं , यंहा बैठी क्या कर रही है?

मुनिया और गोलू सो गये ? खाना तो खिला दिया था न "एक साथ कई सवाल पूंछ डाले।

रानी "हां बापू दोनों खा कर सो गए .दाल तो थी नहीं चावल बस बचा था वही खिला कर सुला दिया "

सुखीराम "और तूने खाया ?"

रानी(झिड़की देते हुए) " ऐसे काहे पूंछ रहे हो ,माँ के गुजरने के बाद मैंने बिना तुम्हे खिलाये कभी खाया है जो आज खायूँगी, जगह बदल गई इसका मतलब ये थोड़े ही अपना धरम भी भूल गई। "

प्यार से फटकार लगाते हुए -चलो बाहर पानी रखा है हाँथ-मुँह धो कर पहले खा लो बांकी बाते बाद में करना। "

सुखीराम का भूख के मारे बुरा हाल था जितना बाहर अँधेरा उससे कही जादा अँधेरा तो उसकी आँखों में छाया था। जल्दी -जल्दी हाँथ धोकर अपनी झोपड़ी की अंदर जमीन में ही खाने बैठ गया।

सुखीराम"हां ला जल्दी से ला ,आज तो लगता है भूंख के मरे

जान ही निकल जाएगी। "

रानी ने अपनी पीठ सुखीराम की तरफ करते हुए जिससे उसको पता न चल सके की भगौने में कितन चावल बचा है।

बाप को भूंख से तड़पता देख ,भगौने में जितना भी चावल था पूरा का पूरा थाली में परोस दिया।

रानी थाली आगे बढ़ते हुऐ "लो खाओ सुबह से पता नहीं कुछ खाया भी है की नहीं "उसके शब्दों में प्यार भरी उलाहना थी।

सुखीराम "चल तू भी अपने लिए निकाल ले ?"

रानी"नहीं बापू तू खा ले मै बाद में खा लुंगी। "

सुखीराम"बाद में कब खायेगी रात की एक पहर तो बीत गई ?"

रानी-(झिड़की देते हुए) "मैंने कहा न , तू खाले बहस न कर "

सुखीराम "तू जिद बहुत करती है ,बिलकुल अपनी माँ पे गई है,लेकिन मै

तेरा बाप हूँ सब समझता हूँ। "

सुखीराम को सब समझ आगया भगौने में कुछ होगा तो खायेगी।

सुखीराम ने थोड़ा सा ही खाया और आधा थाली में छोड़ दिया डकार लेते हुए "मेरा तो इतने में ही पेट भर गया अब मै न खायूँगा अब तू खा या फेक दे मै तो चला सोने।"

सुखिया को रोना आरहा था लेकिन बेटी के सामने रोना उसे ठीक न लगा।

5.

बेटी से बिना नजरे मिलाये सीधे बाहिर चला आया और फूट -फूट कर खूब रोया।

गरीब का सब से बड़ा और एकमात्र यही तो सहारा है जिससे उसे राहत मिलती है,दिल हल्का कर लेता है।

बड़े ही निराश और हताश मन से जैसे सब कुछ ख़त्म हो गया हो।

आसमान की तरफ टक -टाकी लगाए कुछ देर तक शून्य भाव से देखता रहा फिर कभी खुद को कोसता तो कभी अपनी गरीबी को कोसता हुआ अपनी झुंगी में लौट आया।

तीनो बच्चे एक ही चटाई में फटा चादर ताने सो रहे थे।

सुखीराम अपने बच्चो के पास जाकर उनके सिराहने बैठ कर सर पे हाँथ फेरते हुऐ ,लोरी गुन-गुनने लगा जो अक्सर उसकी लुगाई बच्चो को सुलाते हुऐ सुनाया करती थी।

अपने बच्चो को प्यार से सहलाता भी जा रहा था और रो भी रहा था उसके लिए तो सारा संसार यही थे।

कुछ देर बाद सुखीराम भी बगल में लेट गया लेकिन नीद आँखों से कोसो दूर थी।

भूंखे पेट नीद कहाँ , सोचा चलो पेट भर पानी ही पी लेते है, सायद नींद आजाये लेकिन पेट की आग फिर भी न शांत हुई ,कुछ देर करवटे बदलता रहा ,लेटा नहीं जा रहा था ,तो उठ कर बैठ गया और पूरी रात बैठे- बैठे ही गुजार दी।

6.

अगले दिन फिर काम की तलाश में निकल गया लेकिन बदकिस्मती थी की पीछा छोड़ने का नाम न ले रहे थी।

कभी किसी दिन काम मिलता तो कभी कोई काम न मिलता।

सुखीराम की जर्जर हालत देख कर कोई मेंहनत का काम देने को तैयार न होता।

दिन बा दिन सुखीराम की हालत और गंभीर होती जा रही थी।

उसके लिए बच्चो का भरण -पोषण बड़ा ही मुश्किल जान पड़ता। इन सब से उसकी बड़ी बेटी रानी भी अनजान न थी।

7.

एक दिन साम को रानी के मन में जो बहौत दिनों से चल रहा था बोल दिया "बापू मै भी कल से काम पर जाउंगी यहाँ से महज दो -तीन किलोमीटर की दुरी में एक फैक्ट्री है ,जिसमे इस मोहल्ले की बहुत सारी औरते काम करने जाती है ,मै भी उन्ही के साथ कल से काम पर जाया करुँगी। "

सुखीराम "तू काम पर जाएगी तो इन बंदरो को कौन संभालेगा "गोलू और मुनिया के कान खींचते हुए।

रानी"ये मुनिया अब इतनी छोटी न है की,अपना और गोलू का ख्याल न रख सके "

सुखीराम को रानी का काम पे जाना ठीक नहीं लग रहा था ,अनजान सहर है ,जवान बेटी कुछ ऊंच -नीच न होजाये ,लिहाजा बात टालने की कोशिस कर रहा लेकिन रानी तो रानी ही थी जिद पे अड़ गयी तो अड़ गई।

फिर वो कहा मानने वाली थी।

रानी "मै तो कल से जा रही हूँ बस "

सुखीराम अनमने मन से"जा तेरी जो मर्जी कर ,मुझसे पूंछा क्यों करती

है जब तुझे आपने मन की ही करनी होती है। "

रानी "हँसते हुए बापू तू कितना अच्छा है। फिकर न कर सब ठीक होजायेगा ,ऊपरवाले ने चाहा तो तुझे कभी काम पर नहीं जाना पड़ेगा मै धीरे -धीरे सब संभल लुंगी। "

8.

अगले दिन सुभह -सुभह ही रानी बांकी औरतो के साथ फैक्ट्री की तरफ निकल गई जँह पर एक बहुमंजिला इमारत में काम चल रहा था।

फैक्ट्री के बाहर ही सुपरवाइजर सभी मजदूरों की एंट्री कर रहा था , मजदूर लाइन से क़तर में एक- एक कर अपनी एंट्री करवाते जा रहे थे।

रानी अपनी बारी आने पर सुपरवाइजर के पास पहुंचते ही अपना नाम बताया सुपरवाइजर अपनी भौंहे उठाते हुए रानी को घूरने लगा। अपलक कुछ देर नखसिख तक किसी जौहरी के मानिंद तरासने लगा।

गोल चेहरा ,उभरता हुआ सरीर, कमल की तरह जवानी अभी खिलना सुरु ही हुई थी।

सुपरवाइजर अपनी कामोत्तेजना में पूरी तरह से गिन्न पलके झपकाते हुए" आज पहली बार आई हो लगता है ?"

रानी - हां साहब, मुझे भी काम पर रख लो ?"

सुपरवाइजर "क्यों नहीं , क्या नाम बताया ?"

रानी -अपना नाम बताते हुए ,'रानी। "

सुपरवाइजर मस्का लगते हुए "बड़ा ही सुन्दर नाम है, तू काम भी मस्त करेगी ? अपनी कनखिया उमड़ते हुए "है की नहीं ?"

रानी हँसते हुए "हां , साहब। आप बहुत ही मजाकिया इन्सान मालूम होते है। "

सुपरवाइजर फिर से मस्का लगाते हुए "तुम हो ही इतनी खूबसूरत की तारीफ करते तो बनता है।

कल से एक काम और करना आँखों में काजल और होंटो पर लाली भी लगा कर आना , तुम्हारी खूबसूरती में चार- चाँद लग जायेगा। "

रानी हँसते हुए "ठीक है साहब ,जैसा आप बोलो। "उसे क्या पता इस इन्सान के अंदर एक भेड़िया छुपा बैठा है।

रानी आपने काम पर लग गई उसे गिट्टी और ईंटा ढोने के काम पर लगा दिया।

काम बहुत मेहनत का था लेकिन रानी मन से उत्साहित और खुस थी उसे अपनी जिम्मेदारी का अहसास था। वो भी मर्दो की तरह अपने परिवार के लिए जीना चाहती थी, काम काना चाहती थी।

खुद तो न पढ़ सकी लेकिन अपने दोनों छोटे भाई -बहन को पढ़ना और उनकी अच्छे से परवरिश करना चाहती थी। अपने बूढ़े बाप के बोझ को कम करना चाहती थी।

रानी और मजदूरों से कही ज्यादा और अच्छा काम करने की कोसिस करती जिससे किसी को कोई शिकायत का मौका न मिले।

9.

दिन इसी तरह बीतते रहे हफ्तों बीत गए उधर सुपरवाइजर की कोशिस भी जारी थी, रानी को किसी कदर अपने जाल में फ़साने की।

भरसक कोशिस कर रहा था लेकिन रानी उसकी बातो को अनसुना कर आपने काम में लग जाती।

इधर सुखीराम भी बड़ा खुश था रानी इतना तो कमा लेती थी की घर खर्च आसानी से चल जाता।

सुखीराम अब कही काम पर न जाता दिन भर चिलम तम्बाकू पिता बच्चो के साथ खेलता और हंसी - ठिठोली करता पड़ा रहता।

10.

आखिर एक दिन सुपरवाइजर को अपनी हैवानियत दिखाने का मौका मिल ही गया।

बारिश बड़े जोरो से होरही थी आस्मां पूरी तरह से कला तूफान सा मंजर था। सुपरवाइजर ने काम रुकवा दिया।

उसे लगा अब इससे बढ़िया मौका फिर नहीं मिलेगा उसने सभी मजदूरों को जाने के लिए कहा " आज काम न होपायेगा ,सभी अपने घर जा सकते है। " उनके साथ रानी भी जाने लगी ,उसने धीरे से रानी को रुकने के लिए

बोला,जिससे बांकी लोगो को सुनाई न दे।

सुपरवाइजर रानी से "तुम कहां जा रही हो, मेरी रानी तुम्हे थोड़े ही न बोला जाने के लिए ,तुम्हारे लिए तो बहुत सारा काम है ,तुम रुको इनको जाने दो ,इन सब की मजदूरी तो आज की काट ली जयेगी लेकिन तुम्हे तो पूरी की पूरी मिलेगी , आज आराम से मेरे पास बैठो तनिक दो चार बाते हमसे भी तो कर लो ,ऐसा मौका बार -बार रोज थोड़े ही न मिलेगा ,पानी हल्का हो जायेगा तो मै खुद ही तुम को तुम्हारे घर तक छोड़ आयूंगा।"

रानी "समझ तो गई इसने मुझे क्यों रुकने लिए कहा। मन ही मन इसकी नियत सही न लग रही ,सुपरवाइजर से सीधे सख्त लहजे में पूंछते हुए "साहब इधर -उधर की बाते न करो काम बताओ अभी वो लोग जादा दूर न गए होंगे ,ऐसी बाते करोगे तो मै न रुकूंगी।"
सुपरवाइजर अपने चिरपरिचित अंदाज में हँसते हुए "हां -हां ,तुम तो नाराज होगई थोड़ा शांति तो रखो जब देखो बस काम –काम असली वाला काम तो आज ही है ,उपरवाले ने तुम्हे मजदूरी करने के लिए थोड़े ही बनाया।"

रानी "साहब काम नहीं करुँगी तो खायूँगी क्या .दो छोटे भाई बहन है ,बुड़ा बाप उनके लिए तो मै ही सहारा हूँ। "
सुपरवाइजर "तू तो बड़ी होशियार भी है ,मै तो तुम्हारी और मदत करना चाहता हूँ ,तुम पैसो की फ़िक्र मत करो मै हूँ न. ?" लेकिन तुम्हे भी मेरे लिए कुछ करना होगा ,ये कहते –कहते रानी का हाँथ पकड़ लिया।
रानी गुस्से से "मै सब समझती हूँ साहब ,आप क्या चाहते है आप सकल से भोले दीखते हो ,अंदर से उतने ही कमीने हो । "
सुपरवाइजर को घूरते हुए उसके हाँथ को तेजी से झटक दिया और वहाँ से जाने लगी।
पीछे से सुपरवाइजर ने उसका हाँथ पकड़ कर खींचते हुऐ अपनी अपनी आगोश में ले लिया।

सुपरवाइजर ने उसको कस कर पकड़ लिया जिससे वो खुद को उसके चंगुल से छुड़ा न सके।
सुपरवाइजर बहसियो की तरह बेतहासा रानी के पुरे बदन को चूमने लगा ,पुरे सरीर में जँहा मन मर्जी हाँथ घुमाने लगा।

....

रानी जोर -जोर से रोये जा रही थी पूरी ताकत के साथ उसका विरोध भी कर रही थी।

खुद को छुड़ाने की बहुत कोसिस की लेकिन कामयाब न होसकी। जैसे ही सुपरवाइजर ने रानी के कपडे उतरने की कोशिस की रानी के अंदर अचानक न जाने कहा से गजब की ऊर्जा का संचार होने लगा पूरी ताकत से अपनी कोहनी सुपरवाइजर के पेट में मारा जिससे वो बहसी सीधे जमीं पे आगिरा लेकिन अपनी पकड़ ढीली न की उसको साथ लेकर निचे फर्श पर ही गिर गया। रानी ने अपना साहस न खोया उसके चंगुल से खुद को छुड़ाने के लिए जल बिन मछली की तरह तड़प रही थी । अपना हाँथ,पैर, सर सब कुछ चला रही थी।
इतने में रानी को बगल में पड़ा ईंट का एक टुकड़ा दिखा बड़ी कोशिस के बाद हाँथ किसी कदर उस टुकड़े तक पहुँच गया ।

रानी ने उस ईंट के टुकड़े को सुपरवाइजर के सर पे देमारा। सुपरवाइजर दर्द से कराहते हुए अपना सर पकड़ कर बैठ गया।

इस सीना -झपटी में रानी के कपडे तो पूरी तरह से फट चुके थे फिर भी जो कपडे बचे थे उन चीथड़ों को समेटते हुए वहाँ से भागी।

विनास काले विपरीत बुद्धि निचे की तरफ भागने की बजाये उस बहुमंजिला इमारत में ऊपर की तरफ भागने लगी उधर सुपरवाइजर का दर्द जैसे ही कम हुआ इधर उधर देखने लगा ,रानी को वहां न पाकर इमारत की सीढ़ियों से इधर -उधर देखने लगा .इतने में ऊपर की सीढ़ियों से एक पत्थर गिरा। सुपरवाइजर समझ गया ऊपर की ओरे भाग रही है। सुपरवाइजर भी ऊपर की तरफ भगा रानी बमुश्किल 5 माला ऊपर ही जा पायी होगी की इतने में रानी को पीछे से धर दबोचा और जमीन में पटक

दिया ।

फिर क्या मासूम की चीख ,आँखों से बहते आंसूं ,लाचारी ,बेबसी ,जिस्म को भेड़ियो की तरह नोचता वो हैवान।

उस गरीब कमजोर लड़की की इज्जत तार- तार हो गई।

हैवानियत का भूत सर से उतरते ही सुपरवाइजर फिर अपनी दोरंगी चाल चलने लगा मिमियाते हुऐ "रानी मुझे माफ़ कर दो गलती होगई,मैंने ये सब नशे की हालत में किया वरना तुम तो जानती हो मै कितना अच्छा आदमी हूँ,तुम्हे कुछ नहीं होगा ,तुम्हे जितने पैसे चाहिए मै तुम्हे दूंगा लेकिन तुम कभी किसी से कुछ कहना मत। "

प्यार से उसके सर को हाँथ से सहलाने लगा।

रानी पूरी ताकत से उसके गाल पर एक थप्पड़ जड़ते हुए "तू दरिंदा ,बहसी ,सैतान है,मै तुझे छोड़ूगी नहीं ,तुम्हे तो मै जेल में बंद करवायुंगी।

'गुस्से में न जाने क्या - क्या कह गई .अपने फटे कपड़ो को उठाते हुए वहाँ से भागने लगी।

रानी को भागता देख सुपरवाइजर घबरा गया ऐसा लगा मानो काटो तो खून नहीं सारा मामला उल्टा पड़ गया

"अब क्या करे इसे यंहा से जिन्दा जाने देना ठीक नहीं।

"मन ही मन बेचैन हुए जा रहा था ऐसा लगा जैसे नींद से जगा हो।

रानी के पीछे -पीछे भागने लगा ,रानी बमुश्किल १ माला ही निचे उतर पाई थी की उस वहसी ने पकड़ ही लिया।

रानी खुद को छुड़ाने की नाकाम कोशिस करती रही सुपरवाइजर ने ऊपर से ही रानी को धक्का देदिया और देखते ही देखते रानी का सरीर निचे फर्श पर जिसपर कंक्रीट की सतह थी सरीर छत -विछत उसके चारो तरफ सिर्फ खून ही खून था।

सुपरवाइजर ऊपर से निचे की तरफ भगा लाश को हिला डुला कर तसल्ली करने लगा।

अभी जिन्दा है या मर गई और जब उसे पूरी तरह से इत्मीनान होगया की साँस चलना बंद होगई लाश के पास ही बैठ कर सोचने लगा की अब इसे कैसे ठिकाने लगाया जाये ।

चारो तरफ नजर दौड़ाई सामने कुछ ही दूरी में दिवार के पास एक गड़ढा दिखा जंहा पर अभी कंक्रीट का फर्श नहीं था ।

वो जगह उसे सही लगी लाश दफ़नाने के लिए। लाश को उठा कर उस गड्ढे में डाल दिया और उसके बाद मशीन से गिट्टी , रेत,और सीमेंट का मसाला तैयार कर गड्ढे को पूरी तरह से पाट दिया जिससे किसी को कुछ पता न चल सके ।

सुपरवाइजर को ये सब करते- करते साम होगई थी।

11.

उधर सुखीराम बेटी के घर लौटने की राह देख रहा था मन ही मन बड़बड़ा रहा था "आज इतनी देर होगई अभी तक लौटी क्यों न ,पहले तो कभी ऐसा न करती ,सूरज ढलने से पहले ही आजाती थी।

चलो सुरतिया से चल कर पूंछता हूँ सायद उसको पता हो आखिर उसी के साथ तो जाती है उसे जरूर पता होगा। ये सोचते -सोचते सुरतिया की झोपड़ी जा पहुंचा .सुरतिया उसी के गॉव की थीं ,और रिश्ते में सुखीराम की भौजी लगती थीं।

सुखीराम "रनिया अभी तक नहीं आयी भौजी ,मुझे तो बड़ी फिकर हो रही है ,पहले कभी ऐसा न हुआ तुम्हे तो पता होगा कहाँ गई होंगी ?"
सुरतिया"हम लोग तो दुपहरिया में ही आगये रहे बारिस के चलते ,आज साइट में काम बंद पड़गया था न।

मैंने देखा नहीं सोचा वो भी पीछे-पीछे आ रही होगी। "
इतना सुनते ही सुखीराम के पैर कापने लगे ,कही मेरी बच्ची को कुछ हो तो नहीं गया होगा।

12.

घर से लालटेन उठाई और जल्दी -जल्दी फलाँग भरते हुए फैक्ट्री की तरफ भगा जंहा रानी काम करती थी।

सांसे फूल रही थीं फिर भी रुकने का नाम न ले रहा था .रस्ते में रानी -रानी चिल्लाता जा रहा था।

फैक्ट्री पहुंच कर हर जगह छान मारा लेकिन उसकी रानी कही नहीं मिली।

चारो तरफ बस अँधेरा बारिस का सोर और एक बेजान उखड़ी हुई आवाज रानी नाम का सोर बारिश और फ़िज़ा के बीच दब कर रह गई ।

******

कहानी कैसी लगी रिव्यु के माध्यम से अपनी प्रतिक्रिया अवस्य दे !

~ धर्मेंद्र मिश्रा

www.ingramcontent.com/pod-product-compliance
Lightning Source LLC
Chambersburg PA
CBHW021150130726
47988CB00004B/1544